# Les chatons Magiques

## Entre chats

## L'auteur

La plupart des livres de Sue Bentley évoquent le monde des animaux et celui des fées. Elle vit à Northampton, en Angleterre, et adore lire, aller au cinéma, et observer grenouilles et tritons qui peuplent la mare de son jardin. Si elle n'avait pas été écrivain, elle aurait aimé être parachutiste ou chirurgien, spécialiste du cerveau. Elle a rencontré et possédé de nombreux chats qui ont à leur manière mis de la magie dans sa vie.

## Dans la même collection

*Une jolie surprise*
*Une aide bien précieuse*
*Entre chats*
*Chamailleries*
*En danger*
*Au cirque*
*À l'école de danse*
*Au concours d'équitation*
*Vagues de paillettes*
*Les vacances enchantées*
*Pluie d'étincelles*
*De toutes petites pattes*
*Une photo parfaite*
*À la piscine*

**Vous avez aimé**

les chatons
Magiques

**Écrivez-nous**
**pour nous faire partager votre enthousiasme :**
**Pocket Jeunesse, 12, avenue d'Italie, 75013 Paris**

# Sue Bentley

## Entre chats

*Traduit de l'anglais par Christine Bouchareine*

Titre original :

POCKET JEUNESSE
PKJ·

Titre original :
*Magic Kitten – Star Dreams*

Publié pour la première fois en 2006
par Puffin Books, département de Penguin Books, Ltd, Londres.

*À Bernie*

Loi n° 49-956 du 16 juillet 1949 sur les publications
destinées à la jeunesse : mai 2008.

ISBN 978-2-266-17215-8

# Avis de recherche

## As-tu vu ce chaton ?

Flamme est un chaton magique de sang royal, et son oncle
Ébène est très impatient de le retrouver.
Flamme est difficile à repérer, car son poil change
souvent de couleur, mais tu peux le reconnaître
à ses grands yeux vert émeraude et à ses moustaches
qui grésillent de magie !

Il est à la recherche d'un ami qui prendra soin de lui.

## Et s'il te choisissait ?

Si tu trouves ce chaton très spécial, merci d'avertir
immédiatement Ébène, le nouveau roi.

# Prologue

Un rugissement terrifiant retentit. Le jeune lion se figea sur place. Il savait pourtant qu'il prenait un risque énorme en rentrant dans son pays. Il devait réagir et vite !

Un crépitement d'étincelles parcourut sa fourrure et, dans un éclair aveuglant, il se transforma en un adorable chaton angora, beige et brun.

Un vieux lion gris apparut à son côté.

— Prince Flamme ! Vous n'auriez jamais dû revenir. Il faut vous cacher !

— Je n'ai plus le temps, Cirrus ! miaula Flamme
en frissonnant. Voilà oncle Ébène !

Cirrus posa son énorme patte sur le chaton
et l'aplatit dans les hautes herbes. Le sol trembla
sous les pas d'un lion énorme. Celui-ci s'arrêta à
moins d'un mètre d'eux. Il redressa la tête, secoua
sa crinière et huma l'air.

Flamme crut que son cœur allait s'arrêter. Il
était perdu.

Mais Ébène ne sentit rien de suspect.

— Le trône m'appartient désormais,
grommela-t-il en s'éloignant. Jamais mon neveu
ne le reprendra. Et mes espions le retrouveront
bientôt.

Flamme attendit quelques secondes avant de
se relever. Ses yeux vert émeraude brillaient
de colère.

— Un jour je règnerai, Cirrus !

Un sourire bienveillant découvrit les dents
usées du vieux fauve.

— J'en suis certain, prince Flamme, mais vous devez attendre d'être suffisamment fort et puissant. Gardez votre apparence de chaton et retournez dans l'autre monde.

Des étincelles crépitèrent dans la fourrure de Flamme. Il n'eut que le temps de miauler un triste adieu et se sentit tomber... tomber... tomber...

# 1

Julie Maréchal poussa un cri de joie en lisant l'annonce affichée dans le hall d'entrée de son école.

*Avez-vous l'étoffe d'une star ?*
*Gagnez une bourse d'études à l'école Scène Plus.*
*Auditions ouvertes à tous*
*samedi 6 mai*
*à l'Hôtel de Ville.*

Cela lui laissait dix jours pour se préparer.

— C'est génial ! s'exclama une fille à côté d'elle. Tu vas te présenter ?

Julie se retourna et reconnut Fanny Lagarde, la nouvelle élève de sa classe. Certains la trouvaient un peu snob. Emma préférait attendre de la connaître mieux avant de porter un jugement.

— Je ne sais pas encore, répondit-elle avec un grand sourire. J'ai peur de ne pas avoir le niveau.

— Moi aussi, ça m'angoisse.

— Ce qui m'angoisse, moi, c'est la vue d'une araignée dans la baignoire ou quand je dois dire à M. Boulanger que je n'ai pas terminé mes devoirs ! s'exclama Julie en rejetant ses longs cheveux bruns dans son dos.

Fanny éclata de rire.

— Tu as raison. Mais se présenter à cette audition, c'est carrément…

— Stressant ! conclut Julie en levant les yeux au ciel.

Elle mit son sac en bandoulière et se dirigea vers la sortie du collège, suivie de Fanny. Elles longèrent le terrain de sport et les courts de tennis. Une longue file de voitures attendait les élèves de l'autre côté des grilles.

— J'ai une idée, dit Fanny. Si on répétait ensemble ? Tu pourrais venir chez moi, ce soir. Je vais demander à ma mère. Elle doit passer me prendre.

— Je ne peux pas, répondit Julie, le cœur serré.

Le visage de Fanny s'assombrit.

— Et demain ? Je pourrais venir directement chez toi, après les cours, si tu veux.

— Non ! (Le mot avait jailli de sa bouche avant qu'elle ait pu le retenir.) Désolée. Écoute, on verra ça demain.

Fanny lui lança un regard perplexe et haussa les épaules.

— Comme tu voudras.

Alors qu'elles franchissaient le portail, une superbe décapotable gris métallisé avec des sièges en cuir s'arrêta devant elles.

— Bonjour, ma chérie, lança la conductrice à Fanny. Ton amie veut-elle que je la dépose au passage ?

— Merci, madame, mais je n'habite pas loin, s'empressa de répondre Julie. À demain, Fanny !

Arrivée devant chez elle, Julie poussa la porte, contourna la poussette et la bicyclette cassée abandonnées dans l'entrée, et pénétra dans la cuisine.

— Bonjour, maman !

— Bonjour, ma chérie, répondit Mme Maréchal qui épluchait des pommes de terre. Tu as passé une bonne journée ?

Julie lui parla des auditions tout en remplissant l'évier d'eau chaude pour faire la vaisselle du petit déjeuner.

— Ce serait génial si j'étais prise à cette école !
Tu me permets de me présenter ?

— Bien sûr, répondit Mme Maréchal. Tu as
une si jolie voix.

Julie se jeta à son cou.

— Oh, merci, maman ! Fanny Lagarde, la
nouvelle, m'a proposé de répéter avec elle. Je la
trouve vraiment sympa.

— Quelle bonne idée ! Ça te sortira un peu
de la maison. Tu m'aides bien assez comme ça,
répondit Mme Maréchal en lui tapotant le bras.

— Mais ça ne m'ennuie pas, tu sais.

Julie se tourna vers sa petite sœur qui
mâchouillait une tartine, assise dans sa chaise
haute. Elle l'embrassa.

— Bonjour, petite coquine !

Manon éclata de rire. C'était un bébé joyeux
au visage tout rond et aux grands yeux marron.

Julie retourna à l'évier remplir la bouilloire.

— Je nous fais une tasse de thé.

— Excellente idée ! J'ai juste le temps de l'avaler avant ma tournée.

Mme Maréchal distribuait des journaux tous les soirs après sa journée de travail au supermarché. Julie l'aidait à l'occasion.

— Et si tu invitais Fanny à la maison un de ces jours ? continua Mme Maréchal.

La fillette contempla par la fenêtre le jardin envahi de mauvaises herbes et la clôture cassée. L'image de la luxueuse voiture de la mère de Fanny surgit à son esprit.

— On verra…

Un sentiment de culpabilité lui serra le cœur. Sa mère faisait de son mieux pour élever ses trois enfants seule. N'empêche que Julie trouvait cette vie un peu dure parfois.

— Baa, baa, babillait Manon en écrasant la tartine entre ses mains potelées.

— Tu radotes, Charlotte ! gloussa Julie. Et moi je vais passer une audition et décrocher une place à l'école du spectacle, la la lère ! chantonna-t-elle, faisant éclater de rire Manon.

— Tu rêves ! lança une voix derrière elle.

— Salut, Nicolas ! répondit Julie sans se retourner, tandis que son frère de huit ans entrait par la porte du jardin.

Il avait deux ans de moins qu'elle.

— Je meurs de faim ! s'écria-t-il en laissant tomber ses chaussures de foot et son cartable par terre. Qu'est-ce qu'on mange ?

— Ce n'est pas encore prêt.

Julie pivota et plaqua sa main sur sa bouche en voyant son frère. Il était couvert de boue de la tête aux pieds ! Sa chemise blanche était souillée de traces d'herbe. Et il avait le visage tellement sale qu'on ne distinguait plus ses taches de rousseur.

— Quoi ? s'écria-t-il, les yeux écarquillés.

Mme Maréchal hocha la tête d'un air accablé.

— C'est pas vrai ! Dans quel état tu t'es encore mis ! File prendre un bain tout de suite.

— Impossible ! répondit-il en s'affalant devant la table. Je vais tomber dans les pommes si je mange pas tout de suite.

— Du lait et des biscuits, ça t'ira ? demanda Julie avec un sourire.

Elle ouvrit le frigo mais la bouteille de lait était vide.

— Je cours à l'épicerie. Tu peux garder un œil sur Manon pendant que maman finit de préparer le repas ?

— D'accord, mais compte pas sur moi pour changer sa couche, répondit Nicolas, la bouche pleine.

Julie demanda de l'argent à sa mère et partit en courant. L'épicerie se trouvait juste au coin de la rue. Elle prit du lait et, avec l'argent de poche qui lui restait, elle acheta un cake aux cerises. Cela leur ferait un dessert.

Quand elle sortit, un éclat de lumière attira son attention dans la ruelle, le long de la boutique. Elle scruta les tas de cartons et aperçut une lueur.

Julie fronça les sourcils. Quelqu'un aurait-il jeté une lampe de poche encore allumée ? La lueur s'intensifia et se rapprocha d'elle !

Julie faillit lâcher sa bouteille de lait. Deux yeux vert émeraude la dévisageaient dans l'ombre.

Elle entendit un feulement.

Soudain, un lion blanc énorme sortit lentement de derrière la poubelle et s'avança vers elle, la tête haute, la queue en l'air, entouré d'un nuage d'étincelles.

Julie resta clouée sur place, paralysée de terreur. Qu'est-ce que ce lion faisait là ? Allait-il l'attaquer ?

— Je suis le prince Flamme, l'héritier du Trône du Lion, gronda l'animal. Qui es-tu ?

Julie crut s'évanouir. En plus, il parlait !

# 2

Flamme attendait une réponse, la tête inclinée.

— Je… je suis Julie. Julie Maréchal. Je…
j'habite un peu plus loin, bégaya-t-elle, impres-
sionnée par les griffes et les dents acérées du
fauve.

Un sourire plissa les yeux du lion.

— Ah ! Tu es une amie. Parfait !

Un éclair aveugla Julie.

Elle se frotta les yeux. Quand elle les rouvrit,

le lion avait disparu. À sa place se tenait un adorable chaton angora, beige et brun.

— Que s'est-il passé ? s'écria-t-elle, déjà moins
effrayée, même si elle trouvait bizarre de parler à
un chat. Où est… Flamme ?

— C'est moi, miaula le chaton.

Julie étudia son nez rose, ses minuscules pattes
et sa fourrure épaisse.

— Comment est-ce possible ?

Elle devait rêver. Elle était à Beaumont, son
village natal. Il ne s'y passait jamais rien en dehors
de la grande kermesse annuelle derrière l'église.
En tout cas, on n'y avait jamais vu de lion blanc
qui se transformait en chaton !

Flamme s'avança d'un pas mal assuré et s'arrêta
devant elle, le regard implorant.

— Je dois me cacher, Julie. Peux-tu m'aider ?

Il avait l'air si mignon, si vulnérable. Julie le
prit dans ses bras et le serra contre elle.

Il se mit à ronronner et sa fourrure brilla de mille étincelles.

Julie sentit un étrange picotement lui parcourir les mains. Elle se demanda si Flamme allait se transformer en un autre animal, mais rien ne se passa. Les étincelles s'éteignirent, le picotement disparut.

Flamme lui toucha le visage du bout de la patte.

— Je suis poursuivi par des ennemis. S'ils me retrouvent, ils me tueront.

— Mais pourquoi?

— Mon oncle Ébène a usurpé mon trône. Et il a lancé ses espions à mes trousses.

Julie aurait voulu lui poser mille autres questions, mais elle avait peur que quelqu'un ne les voie.

— Je vais prendre soin de toi. Je te ramène chez moi, chuchota-t-elle en refermant sa veste sur lui. Oh, quand Nicolas va apprendre ça!

— Tu ne dois rien dire à personne !

Julie soupira, déçue. Son frère aurait été si content de connaître l'histoire incroyable de Flamme !

— Bon, tant pis. Ne t'inquiète pas. Ton secret sera bien gardé.

Tenant le lait et le cake d'une main, le chat de l'autre, elle rentra chez elle.

— Je suis désolée, mais tu sais que nous n'avons pas les moyens d'avoir un animal, déclara d'un ton ferme Mme Maréchal, dix minutes plus tard. Nous appellerons la SPA. Ils lui trouveront une autre famille.

— Écoute, maman! Flamme n'est pas un chat comme les autres. C'est lui qui m'a choisie comme maîtresse!

Les mots lui avaient échappé. Heureusement, sa mère se contenta de rire.

— Ah, toi et ton imagination!

Julie se mordilla la lèvre. Comment la faire changer d'avis? Flamme était en danger et elle était la seule à pouvoir le protéger.

— Oh, s'il te plaît, maman, je m'occuperai de lui. Je le ferai dormir dans ma chambre et je lui achèterai à manger avec mon argent de poche.

— Calme-toi, ma chérie. Tu sais que tu as tendance à t'emballer facilement.

— Là, c'est différent. Je t'en supplie, maman.

— Allez, maman, dis oui! renchérit Nicolas qui jouait avec Manon et faisait rouler vers elle une balle sur le tapis. Surtout que je lui ai trouvé un nom super… On l'appellera Féroce.

— Pas question ! Julie se retourna vers sa mère. Maman, je t'en prie, laisse-moi au moins le garder ce soir.

— Bon… Au point où nous en sommes… soupira Mme Maréchal. Mais tu mettras une annonce à l'épicerie demain matin, à la première heure. Et si quelqu'un se présente pour l'adopter, je ne veux entendre aucune protestation.

Julie se jeta à son cou.

— Merci, maman !

— Je pourrais donner à manger à Féroce ? demanda Nicolas.

— Flamme ! le corrigea Julie. Oh ! Mais nous n'avons pas de nourriture pour chat ! Comment allons-nous faire ?

— Tu peux déjà lui verser du lait, mais pas trop, ce n'est pas bon pour les chats, répondit

Mme Maréchal. Et tu iras lui acheter de la pâtée, demain matin.

Julie se mordilla la lèvre. Elle venait de se rappeler qu'elle avait dépensé ses derniers sous pour le cake aux cerises.

Sa mère dut lire dans ses pensées car elle lui glissa quelques pièces dans la main.

— Tiens, cela devrait te permettre de tenir jusqu'à ton prochain argent de poche.

— Merci, maman. Tu es la meilleure !

— Je pourrais avoir de l'argent, moi aussi ? demanda Nicolas.

— Tu rêves ! lança Julie en lui ébouriffant les cheveux.

Une fois que Flamme eut fini son lait, elle le monta à l'étage. Il faisait bon dans sa chambre baignée par la lumière du soleil couchant. Elle ramena sa couette autour du chaton pour lui faire un nid douillet.

— Alors, comment te sens-tu ?

Flamme bâilla et découvrit une petite langue rose et des dents pointues.

— Hum, j'ai bien chaud ! miaula-t-il d'une voix ensommeillée. Julie, tu me promets de garder mon secret ?

— Croix de bois, croix de fer, si je mens je vais en enfer.

Il rouvrit les yeux, affolé. Elle éclata de rire.

— Ça veut juste dire que je jure de ne rien dire à personne, expliqua-t-elle en caressant ses oreilles toutes douces.

Flamme lui sourit, enfouit son museau entre ses pattes et ferma les yeux.

Julie s'assit sur le lit à côté de lui, envahie par une bouffée de bonheur.

— Je n'arrive pas à y croire, murmura-t-elle dans un souffle. C'est trop cool !

Le lendemain matin, Julie fut réveillée par un ronronnement contre son oreille. Elle s'assit dans son lit en se frottant les yeux. Elle s'était couchée tard, la veille. Elle avait dû rédiger la petite annonce à mettre dans la vitrine de l'épicerie et finir ses devoirs. Ensuite, elle avait perdu un temps fou à choisir la chanson qu'elle présenterait à l'audition.

Flamme s'étira de tout son long.

— J'ai bien dormi. Je me sens en sécurité ici.

— Normal, tu es avec moi ! s'exclama-t-elle en l'embrassant sur la tête.

Au même moment, la porte s'ouvrit à toute volée, Nicolas fit irruption dans la pièce et sauta sur le lit pour jouer avec le chaton.

— Alors, ça va, Féroce ?

— D'abord, il ne s'appelle pas Féroce. Ensuite, tu m'écrases, espèce de gros lard! protesta Julie en le repoussant. Dégage!

Elle rejeta sa couette et aperçut alors son réveil.

— Oh, non! On est en retard! Vite, Nicolas, va te préparer.

Dès que le garçon fut parti, Flamme s'approcha de Julie.

— Je peux t'aider?

— Merci, Flamme, ça ira.

Elle sentit sa tête tourner à l'idée de tout ce qu'elle avait à faire avant d'aller à l'école. Elle s'habilla en vitesse et se brossa les cheveux à la hâte. Quand elle sortit dans le couloir, elle croisa sa mère qui courait encore en robe de chambre, les cheveux en bataille.

— Oh non! J'ai encore ma tenue de travail à repasser et il faut absolument que j'arrive à l'heure aujourd'hui. J'ai un stage de formation.

— Ne t'inquiète pas, maman, je m'occupe de Manon.

— Merci, ma chérie, répondit Mme Maréchal avec un soupir de soulagement.

Pendant que Julie sortait sa petite sœur du berceau, Flamme plissa le museau d'un air dégoûté.

— Qu'est-ce qui sent mauvais comme ça ?

— C'est sa couche. Viens, petit poison. Tu as besoin d'un bon bain !

Manon se débattit en poussant des cris perçants.

— Oh, non ! Pas aujourd'hui, Manon ! la supplia Julie tandis qu'elle remplissait la baignoire et déshabillait le bébé qui se débattait comme un diable. Je suis très pressée, alors je t'en prie, sois gentille !

Mais quand elle voulut la poser dans l'eau chaude, Manon se cambra et hurla de plus belle. Julie serra les dents, résignée.

Elle entendit alors un crépitement. Des étincelles jaillirent du poil de Flamme, ses yeux se mirent à briller comme des braises et un courant électrique agita ses moustaches. Julie sentit un picotement la parcourir. Elle retint son souffle.

Qu'allait-il se passer ?

# 3

Flamme leva la patte et une nuée d'étincelles argentées jaillit.

De grosses bulles multicolores retombèrent sur la baignoire. Elles tintaient comme des clochettes quand elles se touchaient.

— Oh !

Manon, émerveillée, tendit ses petites mains potelées pour les attraper.

— Ouah ! C'est génial, Flamme ! s'exclama Julie. Comment as-tu fait ça ?

Flamme lui répondit par un sourire mysté-
rieux.

Manon gazouillait de joie. Chaque fois qu'elle
attrapait une bulle, celle-ci explosait en un nuage
de papillons violets, or et argent, qui voletaient
autour de la salle de bains avant de disparaître.

Un petit papillon doré se posa sur le bout de son nez et elle se mit à loucher. Julie éclata de rire.

— Oh, ça chahute là-dedans ! s'écria Mme Maréchal à travers la porte.

— C'est juste Manon qui joue avec ses jouets. Tout va bien, répondit Julie.

Elle étouffa un nouveau rire lorsque Flamme transforma d'un coup de patte un énorme papillon en une pluie d'étincelles.

— Voilà, tu es prête !

Julie laça les bottines de Manon et descendit la poser dans son parc, avec ses jouets, le temps de rassembler ses affaires de classe.

Flamme la suivait avec curiosité. Julie aperçut la boîte à déjeuner de Nicolas qui dépassait de son cartable.

— Oh, non ! Maman a oublié de préparer ses sandwiches. Faut que je les fasse ! Et il en mange une tonne. Oh, la, la, je vais vraiment être en retard !

Flamme dressa ses petites oreilles. Sa fourrure et ses moustaches crépitèrent.

— Je vais t'aider.

Julie sentit le picotement familier la parcourir. Un éclair lumineux vert enveloppa la boîte en plastique.

La fillette vit à travers le couvercle transparent qu'elle se remplissait de sandwiches au fromage et au jambon, et aussi de gâteaux. Il y avait même de la limonade !

— Tout ce que Nicolas adore ! Merci, Flamme !

— Tout le plaisir est pour moi, répondit le chaton, content de lui.

Les copains de Nicolas frappèrent à la porte. Le garçon descendit l'escalier quatre à quatre, attrapa son sac et se rua dehors.

— Salut, Julie. À plus tard !

— Oui, à plus tard, Nicolas !

Mme Maréchal installa Manon dans sa poussette et embrassa Julie.

— Au revoir, ma chérie. Encore merci pour ton aide précieuse, ce matin. Passe une bonne journée.

Alors que sa mère quittait la maison avec Manon, Julie enfila son manteau, attrapa son cartable et se retourna vers le chaton.

— Au revoir, Flamme. À ce soir. Et sois sage ! plaisanta-t-elle avant de l'embrasser sur le dessus de la tête.

Flamme lui décocha un drôle de petit sourire et passa une patte sur ses oreilles.

Quand Julie arriva à l'école, Fanny Lagarde l'attendait à la grille.

— Salut! Alors, ça y est? Tu as choisi ta chanson?

Julie la regarda sans comprendre.

— Ne me dis pas que tu as oublié l'audition! s'exclama Fanny.

— Non, non! Mais j'hésite entre plusieurs morceaux.

Elle se demanda ce que dirait Fanny si elle savait qu'elle avait couru comme une folle ce matin, aidée par un chaton magique! En l'entendant parler de l'audition, elle s'aperçut avec étonnement qu'elle mourait d'envie de décrocher une place dans cette école. Elle adorait monter sur scène.

— Je pensais répéter pendant la pause du

déjeuner. Ça ne t'ennuierait pas de m'aider pour ma chorégraphie ? continua Fanny.

— Au contraire, ce sera avec plaisir. On se retrouve devant le terrain de sport ?

— Génial ! répondit Fanny, les yeux brillants.

Elles rentrèrent ensemble en classe. Fanny s'assit au fond de la salle et Julie prit sa place habituelle près de la fenêtre. Elle plongea la main dans son cartable et faillit pousser un cri de surprise.

Il y avait une boule de fourrure toute chaude au fond de son sac !

C'est encore une blague de Nicolas ! pensa-t-elle. Mais la boule de fourrure se mit à ronronner.

Oh, non ! C'était Flamme !

Julie vérifia que personne ne la regardait et se pencha sur son sac.

— Qu'est-ce que tu fais là ! Les animaux de compagnie sont interdits à l'école.

— C'est quoi, un animal de compagnie ?

— C'est… c'est un animal qui appartient à un maître.

— Je n'appartiens à personne ! protesta Flamme, scandalisé.

— D'accord, mais de toute manière, tu n'as pas le droit d'être ici !

Elle vit le regard du chaton s'illuminer.

— Ne t'inquiète pas ! Grâce à mes pouvoirs magiques, tu seras la seule à me voir.

— Quoi ? Tu peux te rendre invisible ? C'est fabuleux !

— Julie Maréchal, pourriez-vous nous dire ce qu'il y a de si intéressant dans votre sac ? lança une voix moqueuse.

Elle se redressa brusquement en reconnaissant la voix de M. Boulanger, son instituteur. Il la regardait par-dessus ses lunettes, l'air visiblement mécontent.

— Euh… rien, monsieur, bredouilla-t-elle.

— Alors peut-être pourriez-vous nous faire l'honneur d'écouter le cours ? conclut-il d'une voix hautaine.

Toute la classe éclata de rire.

— Oui, monsieur, répondit-elle, rouge comme une tomate.

Elle entendit un froissement et vit Flamme sortir de son sac. Il traversa son bureau et sauta sur le rebord de la fenêtre.

Personne ne le remarqua.

C'était donc vrai. Elle était la seule à le voir. Elle pouvait suivre le cours sans s'inquiéter.

La matinée passa rapidement. Flamme se promenait dans toute la classe. Il alla même s'asseoir à côté de M. Boulanger et regarda par-dessus son épaule. Julie sourit en se demandant si les chatons magiques savaient lire. Plus tard, elle le vit dehors qui chassait les abeilles dans les massifs de fleurs, près des courts de tennis.

À l'heure du déjeuner, Julie et Fanny se retrouvèrent sur la pelouse, devant le terrain de sport. Il faisait chaud et il y avait beaucoup d'élèves assis dans l'herbe. Nicolas jouait avec ses copains un peu plus loin.

— J'ai commencé à répéter ma chorégraphie, annonça Fanny. Tu veux que je te montre le début ?

Elle prit la pose, fit quelques pas chassés, une révérence et un tour sur elle-même.

— Hum, marmonna Julie. C'est pas mal, mais ce n'est pas encore au point.

Fanny plissa les lèvres.

— Oui, mais pour l'instant, je ne vois pas ce que je pourrais faire de mieux.

— Regarde !

Julie esquissa quelques pas.

— Qu'en penses-tu ? Tu veux essayer ?

Fanny commença par se tromper. Les deux filles piquèrent un fou rire. Après quelques minutes d'entraînement, Fanny maîtrisa l'enchaînement à la perfection.

— C'est excellent ! Merci, Julie.

— Ce sera encore mieux en musique.

— J'ai hâte d'être à la semaine prochaine.

Au fait, j'ai réfléchi à nos tenues. Si on allait en ville les choisir ensemble ? Maman propose de nous y emmener.

— Oh… euh, bonne idée ! bredouilla Julie, soudain très ennuyée.

Sa mère n'avait pas les moyens de lui acheter de nouveaux vêtements.

Soudain, elle entendit des cris et des éclats de rire. Elle se retourna et vit des enfants se précipiter vers Nicolas et ses amis.

— Qu'est-ce qui se passe ? demanda Fanny. C'est une bagarre ?

Julie soupira. Nicolas avait toujours le don de s'attirer des ennuis.

— En tout cas, mon frère est dans le coup. Faut que j'y aille ! Tu viens ?

Les deux filles coururent vers l'attroupement. Julie écarta les élèves devant elle et poussa un cri.

Nicolas tenait devant lui son panier repas et il en jaillissait un flot ininterrompu de sandwiches, de chips et de gâteaux de toutes sortes !

Julie considéra avec inquiétude la montagne de nourriture qui s'accumulait à ses pieds. Il en avait déjà jusqu'aux genoux.

— Servez-vous. Y en aura pour tout le monde ! criait-il tout en s'empiffrant joyeusement.

— D'où ça vient ? demanda Fanny, les sourcils froncés.

— Je… euh… je ne sais pas, murmura Julie.

Tous les élèves se jetèrent sur la nourriture. Un copain de Nicolas se fit une pile de sandwiches.

Un autre jonglait avec des gâteaux. Deux gar-
çons lançaient des tartes au citron sur le gazon
pour tenter des ricochets.

Il fallait que Julie retrouve Flamme, et vite. Il
était le seul à pouvoir annuler ce sort. Mais où
était-il ? Elle regarda autour d'elle et finit par
apercevoir au loin une petite boule de poils qui
sautillait sur le terrain de foot.

C'était Flamme qui jouait avec deux énormes
pigeons !

Alors qu'elle réfléchissait à la façon d'attirer
son attention, elle entendit un cri de colère et vit
M. Boulanger se ruer vers l'attroupement.

— Nicolas Maréchal, encore vous ! J'aurais dû
m'en douter.

Julie vola au secours de son frère.

— Ce n'est pas sa faute, monsieur !

Le professeur s'en prit aussitôt à elle.

— Alors peut-être allez-vous me dire qui est
responsable de cette pagaille, jeune fille !

Julie ouvrit la bouche… et la referma. Elle ne pouvait pas lui parler de Flamme. Et de toute façon, il ne la croirait jamais.

— Arrêtez ça tout de suite ! hurla M. Boulanger. Vous, là, ramassez les sandwiches. Et vous, allez chercher un sac pour mettre les biscuits.

Les élèves se regardèrent en riant.

— Bataille de nourriture ! cria soudain l'un d'eux.

— Bataille de nourriture ! entonnèrent les autres. Bataille de nourriture !

Une lueur de malice dans les yeux, Nicolas prit une tarte aux cerises et leva la main.

— Non, Nicolas ! Ne fais pas ça ! cria Julie.

Trop tard ! Paf ! La tarte frappa M. Boulanger en pleine poitrine. Splash ! Un beignet à la crème s'écrasa sur ses lunettes. Le visage écarlate, le professeur poussa un rugissement. Un garçon particulièrement adroit en profita pour lancer un

énorme éclair au chocolat qui s'engouffra dans
sa bouche, telle une torpille.

Les gâteaux et les sandwiches volaient de toutes
parts. Julie battit en retraite. Nicolas, ses copains
et M. Boulanger disparaissaient peu à peu sous
les couches de confiture, de crème et de nourriture écrasée.

— Je n'aimerais pas être à la place de ton frère, pouffa Fanny.

— Il va se retrouver collé jusqu'à la fin du trimestre ! Maman sera furieuse.

Julie sentit alors une boule de fourrure se frotter contre sa jambe.

— Flamme ! Tu tombes bien ! chuchota-t-elle.

— J'ai dû faire une erreur de calcul ! Je corrige ça tout de suite miaula-t-il.

Des étincelles jaillirent de sa fourrure et Julie sentit un picotement la parcourir. Flamme leva une patte et lança un éclair violet sur les combattants. Dans un nuage de fumée noire, toute la nourriture disparut jusqu'au dernier sandwich au jambon !

Pendant deux secondes, personne ne bougea.

Julie secoua Fanny par la manche.

— Vite, filons avant que Boulanger ne nous tombe dessus !

Une fois devant leur classe, Julie éclata de rire.

— Je n'oublierai jamais la tête du prof avec l'éclair planté dans la bouche !

Fanny la dévisagea, elle avait l'air étonnée.

— De quoi tu parles ?

— Tu sais… la bataille de nourriture…

Julie s'arrêta. Fanny ne voyait pas du tout à quoi elle faisait allusion !

Les autres élèves arrivaient. Nicolas bavardait tranquillement avec ses copains. M. Boulanger les suivait, le visage détendu. On aurait dit que rien ne s'était passé. Comment était-ce possible ?

Pendant qu'elle accrochait sa veste, Julie entendit un miaulement à ses pieds.

— En fin de compte, j'ai pensé qu'il valait mieux leur faire oublier ce qu'ils avaient vécu, dit Flamme d'un air penaud.

Julie eut alors un petit rire de soulagement. Tout s'expliquait !

Elle vérifia que personne ne la regardait et serra le chaton dans ses bras.

# 4

Le lendemain était un samedi. Fanny appela Julie de bonne heure.

— Ça te dirait de venir chez moi ? Je meurs d'envie de répéter notre numéro.

— J'aimerais bien mais ce n'est pas possible, répondit Julie.

Une employée était malade, au supermarché. Du coup, sa mère travaillait toute la journée et Julie devait garder Manon.

— Ah bon ? Qu'est-ce que tu fais de beau ?

Julie se mordit la lèvre. Elle avait honte de dire qu'elle s'occupait de sa sœur.

— J'ai beaucoup de travail, je suis désolée.

— Tant pis. Peut-être une autre fois, murmura Fanny avant de raccrocher.

Julie soupira, contrariée d'avoir déçu sa nouvelle amie.

Elle donna le petit déjeuner à Manon, la baigna et l'habilla.

— Si nous allions au parc voir Nicolas jouer au foot avec ses copains ?

Flamme était allongé au soleil, sur l'appui de la fenêtre. Il dressa les oreilles en entendant la fillette parler de promenade.

— Je peux venir ?

Julie tapota la poussette.

— Saute, je t'emmène.

À la grande joie de Manon, le chaton grimpa à côté d'elle en ronronnant.

Il faisait très chaud. Il y avait un monde fou sur les balançoires et autour du lac. Julie repéra Nicolas et ses amis près du kiosque à musique.

Elle gara la poussette à l'ombre d'un arbre et donna à Manon un biberon de jus de fruits. Flamme escalada le tronc et s'installa sur une branche, ravi d'observer le monde du haut de sa cachette.

Julie regarda les filles qui jouaient sur les courts de tennis. Elles avaient toutes des raquettes coûteuses et des tenues élégantes.

Elle aurait adoré être habillée comme elles et jouer au tennis. L'une d'elles l'aperçut et agita le bras.

C'était Fanny.

Julie lui répondit, le cœur serré, toute honteuse d'avoir enfilé des vêtements élimés pour traîner dans le parc. Et il était trop tard pour prendre la fuite. Fanny courait vers elle, cheveux au vent.

— Salut, Julie! Quand j'ai croisé Nicolas avec ses copains, je me suis dit que je te verrais peut-être aussi. C'est ta petite sœur?

Fanny se pencha vers le bébé et agita son doigt pour le faire rire.

— Oui, elle s'appelle Manon, répondit Julie, contente de voir que, loin de lui en vouloir, Fanny était ravie de la rencontrer dans le parc.

— Quel adorable bébé! Tu as de la chance d'avoir un frère et une sœur.

— Tu le penses sincèrement?

— Tout le monde croit que c'est génial d'être enfant unique parce qu'on est plus gâté. Mais j'aurais préféré avoir un frère et une sœur avec qui tout partager.

— Oh! murmura Julie, qui n'avait jamais envisagé la question sous cet angle. Eh bien, je peux te prêter les miens, si tu veux. À nous deux, nous ne serons pas de trop pour réparer les bêtises de Nicolas.

Fanny éclata de rire.

— Tu devras t'occuper d'eux, demain aussi ?

— Non. Maman sera là. Je pourrai venir chez toi, si tu veux.

Le visage de Fanny s'illumina.

— Super ! J'ai travaillé mon numéro mais il est encore loin d'être au point. Bon, il vaut mieux que j'aille retrouver mes amies maintenant. À demain !

Elle se pencha pour embrasser Manon.

— Au revoir, Manon. Sois sage !

Pendant que Fanny repartait vers les courts, Nicolas courut vers Julie et attrapa la bouteille, dans le filet de la poussette.

— Je meurs de soif. Qu'est-ce qu'elle te voulait, la snob ?

— Ne l'appelle pas comme ça. Fanny est très sympa, répondit Julie.

Le lendemain, il faisait un temps magnifique. Julie se rendit comme convenu chez Fanny.

Elles montèrent dans sa chambre, une grande pièce très lumineuse qui plut beaucoup à Julie.

— J'ai pensé que ça te ferait plaisir de connaî-tre mon nouvel ami, dit-elle en sortant Flamme de son sac pour le poser par terre.

— Oh, qu'il est mignon ! Et il a un poil magnifique !

Flamme poussa un petit miaulement et se frotta contre les jambes de Fanny.

— Tu lui plais, dit Julie. Tu veux bien le tenir pendant que je te montre mon numéro ?

Fanny le prit dans ses bras et s'assit en tailleur sur le lit.

Julie chanta et dansa sur la musique qu'elle avait choisie.

— Ta da ! s'écria-t-elle en s'immobilisant sur la dernière note, les bras écartés. Comment tu m'as trouvée ?

— Parfaite ! s'écria Fanny en applaudissant.

Flamme poussa un miaulement d'approbation.

— Et Flamme est d'accord avec moi ! s'esclaffa Fanny.

Julie leur fit une profonde révérence.

— Merci beaucoup. Il ne me reste plus qu'à travailler mes enchaînements

On entendit des pas dans l'escalier. La mère de Fanny entra dans la chambre avec un plateau couvert de friandises. Elle le posa sur le bureau et se pencha pour caresser Flamme.

— Ça se passe bien, toutes les deux ? J'ai pensé que vous auriez peut-être un petit creux.

— Merci, madame Lagarde, dit Julie en prenant un biscuit au chocolat et un verre de jus de fruits.

— Julie danse vraiment bien, déclara Fanny d'un ton admiratif.

— Disons que je me débrouille, murmura Julie en rougissant.

— À propos, dit Mme Lagarde, il faudra s'occuper de vos tenues. Vous avez décidé du jour où vous irez en ville ?

— Pas encore, s'empressa de répondre Julie.

— Eh bien, tenez-moi au courant, dit Mme Lagarde avant de repartir.

Après une courte pause, Fanny travailla de nouveaux pas avec Julie. Ensuite, Fanny sortit une pile de magazines de sous son lit et elles s'allongèrent sur l'épais tapis pour les feuilleter, Flamme blotti contre elles.

Julie ne vit pas le temps passer. Lorsqu'elle aperçut l'heure à sa montre, elle se leva d'un bond.

— Il est tard ! Je dois rentrer ! Vite, Flamme, saute ! ajouta-t-elle en ouvrant son sac.

Fanny la raccompagna à la porte d'entrée.

— Alors, à demain, à l'école. Et maman a raison, il faudra penser à nos costumes. Il nous reste moins d'une semaine avant les auditions.

— C'est vrai ! soupira Julie, soudain découragée.

Elle ne vit pas le regard pensif que lui jeta Flamme.

Inutile de se voiler la face. Elle n'avait pas les moyens de s'acheter une nouvelle tenue et il n'était pas question qu'elle passe l'audition avec ses vieux habits. Peut-être ferait-elle mieux de renoncer.

# 5

— Tu es bien silencieuse, ma chérie, remarqua Mme Maréchal en essuyant la table après le dîner, le mardi soir. Qu'est-ce qui te tracasse?

Julie repassait son chemisier. Flamme somnolait sur la chaise à côté d'elle.

— Je n'ai plus envie de me présenter à l'audition, dit-elle d'un ton qui se voulait détaché.

Sa mère la dévisagea, sidérée.

— Mais Julie, tu en rêvais! Que t'arrive-t-il?

Julie haussa les épaules.

— J'ai changé d'avis, c'est tout.

Mme Maréchal fronça les sourcils et alla se sécher les mains. Puis elle revint vers sa fille et la prit par les épaules.

— Allons ! dis-moi ce qui ne va pas.

Julie ne put se retenir plus longtemps.

— Je n'ai rien à me mettre ! Fanny va s'acheter une nouvelle tenue et je parie que tout le monde en fera autant, sauf moi ! Et je serai ridicule. Je ne voulais pas t'en parler, maman. Je sais que nous n'avons pas les moyens de me payer de nouveaux habits. De toute façon, ça n'a plus d'importance puisque j'ai décidé de ne plus me présenter!

Mme Maréchal réfléchit. Puis elle ouvrit un placard et en sortit une boîte en fer.

— Ceci t'aidera peut-être à changer d'avis.

Elle lui glissa quelques billets dans la main.

— Mais ça fait une éternité que tu économises cet argent pour t'acheter un manteau!

— Je peux encore attendre. Tu as besoin de nouveaux vêtements et nous allons t'en acheter.

Julie lui sauta au cou.

— Tu es la meilleure maman du monde!

Flamme se leva en ronronnant. On avait l'impression qu'il souriait.

— Tu vas me prendre pour une folle, mais je suis sûre que ce chat comprend tout ce qu'on dit, gloussa Mme Maréchal.

Julie sourit sans rien dire.

— Fais attention de ne pas tomber !

Le lendemain, Julie se rendait à l'école accompagnée de Flamme qui courait, grimpé sur le haut des barrières et des portails, la queue et les oreilles dressées.

— T'inquiète, j'assure, répondit-il.

Le soleil faisait ressortir les taches brunes de son pelage.

— J'ai hâte de demander à Fanny quand on pourra aller faire les courses.

Flamme l'approuva d'un ronronnement. Il aperçut alors un bourdon et perdit l'équilibre en voulant le chasser d'un coup de patte.

Julie se précipita en riant pour le rattraper. Au même moment, un garçon arriva en courant et la bouscula si violemment qu'elle faillit tomber.

— Ça va pas ! cria-t-elle, alors qu'il continuait son chemin sans s'arrêter.

— Quoi ?

Le garçon se retourna et elle reconnut Sam Thomas, une brute qui terrorisait les petits. En plus, il avait une dent contre Nicolas.

— Non, mais ça serait pas la sœur du rouquin par hasard ? se moqua-t-il. Et c'est ton chat, ce sac à puces ?

Avant qu'elle ait eu le temps de comprendre ce qui se passait, Sam attrapa Flamme par la peau du cou. Le chaton poussa un cri déchirant.

— Arrête! Pose-le tout de suite! hurla-t-elle.

— Et si on le faisait voler? continua Sam en faisant mine de le lancer par-dessus la clôture du jardin voisin.

Flamme poussa un miaulement de terreur en battant l'air de ses petites pattes, sans doute trop désemparé pour utiliser ses pouvoirs magiques. Ou peut-être ne voulait-il pas se trahir.

— Je t'en prie, ne lui fais pas de mal! supplia Julie.

Sam tendit la main derrière lui pour prendre de l'élan.

«Il va vraiment le faire», songea-t-elle, affolée. Elle devait sauver le chaton. Mais comment?

— Attends!

Elle plongea la main dans sa poche et en sortit les billets que sa mère lui avait donnés.

— Je te donne cet argent si tu le lâches tout de suite!

Une lueur de cupidité perça dans les yeux du garçon, et il tendit la main.

Julie recula. Elle avait les genoux qui s'entre-choquaient mais elle soutint son regard sans flancher.

— Donne-moi d'abord le chat.

— Tiens, le voilà ton sac à puces !

Il lui colla Flamme dans les bras, lui arracha les billets et déguerpit sans demander son reste.

Julie caressa le chaton d'une main tremblante, terrifiée à l'idée du mal que cette brute aurait pu lui faire.

— Tout va bien. Tu es en sécurité, maintenant.

Flamme se blottit dans ses bras et la dévisagea d'un œil inquiet.

— Mais tu n'as plus d'argent, gémit-il.

— Ça n'a pas d'importance, dit-elle en frottant son menton sur sa tête.

Elle le glissa dans son cartable et il se roula en boule au fond. Puis elle le caressa jusqu'à ce qu'il s'apaise.

Quand elle arriva à l'école, elle avait retrouvé son calme mais elle était complètement démoralisée.

Elle ne pouvait pas dire à sa mère qu'elle s'était fait voler l'argent. Sa dernière chance de porter une belle tenue à l'audition venait de s'envoler.

La journée à l'école passa comme au ralenti. Ils étudiaient le Moyen Âge en histoire mais Julie n'arrivait pas à se concentrer. Elle ne pensait qu'à l'audition et à son problème de costume.

Heureusement, Flamme semblait complètement remis de ses émotions. Il avait sauté d'un bureau à l'autre, très intéressé par les livres sur la chevalerie. Elle l'avait même vu pianoter sur le clavier de l'ordinateur.

Elle se dépêcha de rentrer chez elle, après les cours. C'était le soir où sa mère travaillait au supermarché. Elle voulait préparer le dîner pour son retour.

Au moment où elle franchissait le seuil de la maison, elle entendit un grand bruit.

— Oh, mince ! cria une voix.

— Nicolas ? C'est toi ?

Il devait aller jouer chez un copain après la classe.

Il apparut sur le seuil de la cuisine, couvert de farine de la tête aux pieds.

— Salut, Julie ! lança-t-il d'une voix joyeuse. Je t'ai fait une surprise ! J'ai préparé le dîner !

Julie, prise d'un affreux pressentiment, poussa la porte de la cuisine en serrant les dents.

Il y avait de la farine partout ! Sur les meubles. Par terre. Et des marques de doigts sur le mur, le frigo, la cuisinière. Et des traces blanches de pas dans toute la maison.

— J'ai fait de la tarte à la confiture ! annonça-t-il avec fierté.

Julie était catastrophée.

Quand leur mère verrait ça !

— Dans la douche ! Tout de suite ! hurla-t-elle.

Nicolas obéit en rouspétant.

Elle courut prendre l'aspirateur dans le placard et le brancha. Un boum ! retentit, suivi d'un nuage de fumée noire.

L'aspirateur était inutilisable.

— Oh, il ne manquait plus que ça ! explosa Julie, au bord des larmes.

Elle avait eu une journée horrible et cela ne s'arrangeait pas.

Flamme sauta sur la table dans un nuage d'étincelles.

— Je vais t'aider, miaula-t-il.

Julie sentit le picotement magique lui parcourir le corps.

L'aspirateur se remit aussitôt en marche et sillonna la cuisine en tous sens avant de foncer vers le salon.

— Faut que j'nettoie ! Faut que j'nettoie ! haletait-il.

— Ouah ! Merci, Flamme ! dit Julie.

Elle attrapa un torchon pour essuyer les traces de confiture. Sa mère allait bientôt rentrer. Avec un peu de chance, elle aurait le temps de tout ranger.

L'aspirateur se mit à tousser, comme un humain.

Elle se précipita dans le salon et vit avec horreur qu'il dévorait tout sur son passage. Il avait déjà avalé une pile de livres, un pull, et s'attaquait maintenant aux rideaux. On aurait dit qu'il voulait engloutir toute la pièce !

Julie entendit alors la porte d'entrée qui s'ouvrait.

Sa mère venait de rentrer !

# 6

— Flamme ! Fais quelque chose ! le suppliat-elle.

Ses moustaches crépitèrent tandis qu'il levait la patte. Un nuage d'étincelles traversa la pièce.

Bang ! L'aspirateur retourna dans le placard. Zou ! Les coussins, les tapis et les rideaux reprirent leur place. Floup ! La farine réintégra son sac et la confiture son pot.

Mme Maréchal entra dans la cuisine, Manon dans les bras.

— Bonsoir, maman, haleta Julie. Tu as passé une bonne journée ?

— Pas trop mauvaise, répondit sa mère en souriant. Mon Dieu ! Mais vous n'avez pas perdu votre temps, Nicolas et toi ! La maison est toute propre. Et qu'est-ce qui cuit ? Hum, de la tarte à la confiture ! s'exclama-t-elle en ouvrant le four. Quelle bonne surprise !

— C'est Nicolas qui l'a faite, annonça Julie. Avec un peu d'aide…

… et beaucoup de magie, songea-t-elle en secret.

Julie monta dans sa chambre tout de suite après le dîner, de peur que sa mère ne lui demande quand elle pensait aller faire ses achats.

Flamme la suivit et se frotta contre ses jambes.

— Tu as réellement besoin de cette tenue ? miaula-t-il.

Elle hocha la tête avec tristesse.

— Malheureusement, il faudra bien que je m'en passe, non ?

Flamme inclina la tête d'un air espiègle. Des étincelles jaillirent au bout de sa queue.

— Ferme les yeux !

Julie sourit malgré elle. Que mijotait-il encore ? Le picotement familier la parcourut.

— Tu peux regarder !

Elle ouvrit les yeux lentement. Et resta bouche bée en se voyant dans la glace.

Elle portait une longue robe en soie jaune et velours rouge, avec un décolleté en V et de longues manches évasées. Et sur sa tête était posé un grand chapeau pointu orné d'un voile.

Flamme lui avait confectionné un costume médiéval ! Il avait dû trouver le modèle dans un livre, en classe.

— Ça te plaît ? demanda-t-il avec fierté.

— C'est… c'est magnifique ! bredouilla-t-elle.

Mais je ne peux pas le porter pour l'audition.
Je ne pourrai jamais danser avec.

Flamme était navré.

— C'est la robe qui cloche ?

— Non, franchement, je l'adore, protesta-t-elle en se penchant pour le caresser. Je la garderai pour une soirée déguisée. Merci, Flamme.

— Il n'y a pas de quoi, répondit-il, ragaillardi.

Il sauta sur le lit et commença sa toilette.

— Julie, tu peux descendre, s'il te plaît ? appela alors Mme Maréchal.

— J'arrive.

Julie retira sa robe en vitesse et la cacha dans son placard.

Elle trouva sa mère dans l'entrée avec un sac de livres.

— Je viens juste de me rappeler qu'il fallait les rendre aujourd'hui. Tu veux bien les rapporter à la bibliothèque, ma chérie ? Elle est ouverte jusqu'à dix-neuf heures.

Il était dix-huit heures. Et la bibliothèque ne se trouvait qu'à quelques minutes de chez elle. Elle alla rendre les livres et, comme il lui restait encore du temps avant la fermeture, elle se dirigea vers le présentoir de magazines. Elle en choisit un et le feuilleta. Elle passa en revue les photos de pop stars, le courrier des lecteurs et les conseils sur les maquillages et les coiffures.

Elle tomba alors sur la photo d'une fille avec un tee-shirt rouge décoré de rubans, de boutons et de paillettes. Il devait être très cher mais correspondait exactement à ce qu'elle aurait aimé porter.

Tandis qu'elle refermait le journal, il lui vint une idée géniale. Elle avait trouvé comment résoudre son problème ! Il fallait qu'elle en parle à Fanny.

Elle l'appela dès son retour à la maison.

— Si nous réalisions nos tenues nous-mêmes ? Ça ne devrait pas être trop difficile. Il suffit de prendre un jean et un tee-shirt. Et ma mère coud comme une fée. Elle sera ravie de nous aider !

— En plus, nos tenues seront uniques ! ajouta Fanny, folle de joie. Ma mère a une grosse boîte remplie de rubans et de paillettes. Je vais lui demander si elle veut bien qu'on s'en serve.

— Génial ! Mais j'y pense ! Nous sommes déjà mercredi. Et les auditions ont lieu samedi !

Fanny réfléchit quelques secondes.

— On va y arriver, à condition de travailler jeudi et vendredi soir. Je pourrais venir chez toi directement après l'école. Qu'en penses-tu ?

Julie hésita. Elle avait peur de la réaction de Fanny quand elle verrait sa maison si peu soignée. Puis elle se souvint de sa gentillesse avec Manon.

— Très bien. Je préviens ma mère. Mais je suis sûre qu'elle sera d'accord. Il ne nous restera plus qu'à trouver un moyen de nous débarrasser de Nicolas !

— Je m'en charge ! gloussa Fanny.

Le moment était venu d'avouer à sa mère comment elle avait perdu l'argent qu'elle lui avait donné.

Elle descendit au salon et alla la rejoindre sur le canapé, où celle-ci lisait le journal.

— Maman, je voudrais te dire quelque chose…

Son regard tomba alors sur un nom familier en première page.

— Mais ils parlent de Sam Thomas ! Il est dans mon école ! Qu'est-ce qu'il a fait ?

— Un couple de personnes âgées l'a surpris en train de voler des pommes dans leur jardin. La vieille dame l'a pourchassé avec sa canne et il est tombé dans leur mare. Son mari l'a pris en photo alors qu'il en ressortait. Tu le connais ?

Julie hocha la tête.

— C'est une brute qui passe son temps à terroriser les petits.

Elle raconta à sa mère comment elle l'avait croisé en allant à l'école.

— Et quand il a menacé de jeter Flamme par-dessus la barrière, je lui ai proposé l'argent que tu m'avais donné pour qu'il le laisse tranquille. Je suis désolée, maman, mais c'est la seule chose qui m'est venue à l'esprit.

Il y eut un long silence puis Mme Maréchal poussa un gros soupir.

— J'aurais sans doute réagi comme toi,

dit-elle. Et je parie que tu as angoissé à cause de cette histoire, non ? Il fallait venir tout de suite me la raconter.

— Je sais, dit Julie, soulagée d'avoir vidé son sac. La prochaine fois, je n'hésiterai pas.

— Parfait.

Mme Maréchal rouvrit son journal et éclata de rire.

— Regarde ! Je crois que Sam Thomas a enfin ce qu'il mérite, non ? Tout le monde ne parlera que de lui demain !

Julie découvrit alors la photo du garçon sortant de la mare boueuse, coiffé d'un tas d'algues qui lui dégoulinaient sur la figure, tandis que la vieille dame le menaçait de sa canne.

— Oui, il n'aura plus intérêt à la ramener ! gloussa Julie, imaginant déjà la réaction des enfants qu'il avait persécutés.

Sam Thomas ne s'en remettrait jamais.


Le jeudi, la maman de Fanny reconduisit les deux amies chez Julie après l'école.

— Tenez, dit-elle en leur tendant une grosse boîte à couture et une pile de magazines de foot. Amusez-vous bien. À plus tard !

Nicolas sauta de joie quand il vit les revues.

— Je les ai empruntées à mon voisin, expliqua Fanny en souriant.

Julie éclata de rire. Voilà qui occuperait son frère un bon moment. Elles devraient pouvoir coudre tranquillement.

C'était l'après-midi de repos de Mme Maréchal. Elle avait déjà préparé le dîner. Une fois qu'elles eurent mangé, Julie et Fanny débarrassèrent la table et étalèrent leurs tee-shirts.

Fanny fouilla ensuite dans la boîte de sa mère.

— Ouah! Regarde cette tresse scintillante. J'adore ces paillettes roses.

Julie choisit des rubans multicolores et des perles violettes. Pendant qu'elles cousaient, Flamme entra dans la cuisine et les salua d'un miaulement.

— Rebonjour, dit Fanny.

— As-tu bien dormi? demanda Julie avant de se lever pour lui servir sa pâtée dans un bol.

Flamme se jeta dessus en ronronnant.

— Qu'il est mignon avec ses grands yeux verts! s'exclama Fanny. Depuis quand l'as-tu?

— Ça ne fait pas longtemps. Mais j'ai l'impression qu'il a toujours été là.

Elle avait maintenant du mal à imaginer la vie sans lui.

Quelques heures plus tard, malgré un travail acharné, les tee-shirts étaient loin d'être terminés. Et les filles ne s'étaient pas encore attaquées aux jeans.

— La maman de Fanny va bientôt arriver, dit Mme Maréchal. Je crois que vous feriez mieux de m'expliquer ce que vous voulez faire et je continuerai.

— Oh, merci, maman! répondit Julie qui commençait à avoir mal aux mains à force de coudre.

Et quand Fanny fut partie, Julie eut juste le temps de répéter une dernière fois son numéro avant de se coucher.

Le lendemain à l'école, dès qu'elles avaient un moment de libre, Fanny et Julie répétaient dans les couloirs, entre les cours. Elle se retrouvèrent ensuite sur la pelouse à l'heure du déjeuner.

— Je devrais ajouter ce mouvement dans mon numéro ! plaisanta Fanny, en posant un hot dog dans une main et une brique de jus d'orange dans l'autre.

— Tu ferais un tabac ! gloussa Julie.

Elles retournèrent chez Julie directement après l'école afin de terminer leurs tenues.

— Ta mère est géniale ! s'exclama Fanny en voyant son jean.

Mme Maréchal avait cousu la tresse pailletée rose sur les poches et le bas du pantalon.

— C'est vrai, acquiesça Julie.

Son jean était décoré de perles argent et mauves. Sa mère lui avait même confectionné une ceinture à l'aide de rubans assortis.

Elles finirent juste à l'heure où Fanny devait rentrer. Julie espérait ne plus jamais toucher une aiguille de sa vie ! Mais elle devait reconnaître que leurs tenues avaient de l'allure !

— Demain c'est le grand jour ! dit Julie à Flamme quand il se lova contre elle sur le lit.

Elle était sûre qu'elle n'arriverait jamais à s'endormir. Pourtant, à peine eut-elle posé la tête sur l'oreiller qu'elle sombra dans un sommeil profond.

Le samedi matin, Julie aida sa mère à distribuer les journaux mais elle avait la tête ailleurs. Elle se sentait à la fois impatiente et nerveuse à l'idée que, dans quelques heures à peine, il lui faudrait exécuter son numéro en public.

De retour à la maison, Mme Maréchal lui proposa un sandwich mais Julie se sentait incapable d'avaler quoi que ce soit.

Sa mère la coiffa puis la maquilla.

— C'est génial, maman ! s'exclama Julie en se contemplant dans la glace. Merci !

Elle monta dans sa chambre prendre son costume et le plia soigneusement dans son sac.

— C'est l'heure d'aller retrouver Fanny à l'Hôtel de Ville, annonça-t-elle à Flamme qui prenait le soleil, allongé sur l'appui de la fenêtre.

— Je peux venir ?

— Bien sûr. Mais tu dois me promettre de ne pas te servir de tes pouvoirs magiques, quoi qu'il arrive. Je dois réussir cette audition seule.

Flamme hocha la tête.

Mme Maréchal accompagna Julie jusqu'à la porte et la serra dans ses bras en lui souhaitant bonne chance.

— Merci, maman. À tout à l'heure.

Elle descendit la rue en fredonnant sa chanson. Soudain elle s'arrêta, incapable de se souvenir de la suite. Peut-être que ça lui reviendrait si elle

se concentrait sur sa chorégraphie. Hélas, là aussi, c'était le blocage total.

Elle sentit son estomac se serrer, ses jambes trembler, prise d'un trac fou à l'idée de danser devant les jurés.

— Ce n'est pas la peine d'y aller, Flamme, gémit-elle. Je croyais pouvoir y arriver mais c'est au-dessus de mes forces.

Flamme la regarda et poussa un petit miaulement plaintif.

Julie s'arrêta. Elle n'avait pas le cœur à rentrer chez elle. Sa mère serait tellement déçue. Et elle ne se sentait pas non plus la force de rejoindre Fanny.

Elle repartit à toute allure, droit devant elle, sans savoir où elle allait. Flamme la suivit en silence. Soudain, il la dépassa et lui coupa la route.

— Suis-moi! dit-il d'un ton sans réplique.

Julie releva la tête et reconnut les grilles de

l'entrée du parc. Elle ne s'était pas rendu compte qu'elle avait tant marché. Et où l'entraînait Flamme ? Il ne lui avait jamais parlé sur ce ton-là. Où était-il passé, d'ailleurs ?

Elle scruta les massifs.

— Flamme ? Où es-tu ?

Elle aperçut alors une boule de fourrure marron et beige qui disparaissait derrière le kiosque. Le temps qu'elle parvienne jusqu'à lui, elle avait de nouveau perdu sa trace.

Elle finit par l'apercevoir près d'un banc et courut le rejoindre.

— Te voilà, enfin ! Mais pourquoi t'es-tu enfui ? demanda-t-elle en se laissant tomber sur le banc, hors d'haleine.

Il sauta à côté d'elle.

— Tu m'as interdit de me servir de mes pouvoirs magiques, lui rappela-t-il. Et il fallait bien que je t'aide !

Tandis qu'elle lui caressait la tête, elle réalisa

que, dans le feu de l'action, son trac s'était envolé. Afin de le vérifier, elle chanta sa chanson dans sa tête. Elle se souvenait de la moindre parole.

— Tu te sens capable de passer l'audition, maintenant? demanda-t-il d'une voix inquiète.

— Je ne sais pas…

Elle pensa alors à Fanny qui l'attendait.

— D'accord! Allons-y!

Elle se leva d'un bond et regarda sa montre.

— Oh, non! C'est trop tard! Jamais je n'arriverai à l'Hôtel de Ville à temps. À moins que…

Elle baissa les yeux vers Flamme.

— Bon, je sais que je t'ai demandé de ne pas m'aider à gagner ce concours, mais tu veux bien me donner un coup de main juste pour arriver à l'heure?

Flamme lui sourit. Un crépitement parcourut sa fourrure et ses moustaches…

# 7

Julie atterrit brutalement dans les toilettes des dames de l'Hôtel de Ville, vêtue de sa nouvelle tenue ! Elle entendait des voix passionnées qui parlaient des auditions.

Elle ouvrit la porte et passa la tête. Une longue file s'étirait dans le couloir. Au même instant, Fanny sortit d'une pièce, le visage rouge, hors d'haleine.

— Ah, te voilà ! s'écria-t-elle en apercevant

Julie. Où étais-tu passée ? J'ai bien cru que tu ne viendrais pas. Vite, c'est à toi ! On t'attend !

Sans lui laisser le temps de s'expliquer, Fanny rouvrit la porte et poussa Julie à l'intérieur.

Elle sentit son cœur s'emballer en voyant les jurés assis devant une longue table.

Elle se présenta et donna sa cassette.

— Très bien, Julie. Montre-nous de quoi tu es capable, dit l'un des juges avec un sourire.

Elle se mit en position.

On y était. Elle avait travaillé dur. Son rêve, entrer à l'école du spectacle, allait peut-être se réaliser.

Dès que les premières notes retentirent, Julie sentit sa peur s'envoler, emportée par le plaisir de chanter et de danser.

Tout se passait merveilleusement bien lorsque soudain elle rata un pas et faillit tomber. Elle se rattrapa aussitôt et continua son numéro comme si de rien n'était. Quand ce fut fini, elle salua, puis se redressa, le souffle court.

Elle examina le visage des juges. Ils lui sourirent. Impossible de deviner ce qu'ils pensaient.

— Merci, Julie. Nous t'écrirons dans quelques jours.

Elle récupéra son CD, remercia poliment et sortit.

— Alors ? Comment ça s'est passé ? demanda Fanny qui l'attendait avec impatience.

Julie baissa les épaules, découragée.

— Ça commençait bien, mais je me suis bêtement trompée. Je ne crois pas que ça leur ait plu. Ils ne m'ont rien dit. Et toi ?

Fanny fit une grimace.

— Pareil. Mais ils nous ont prévenues avant le début des auditions qu'ils n'auraient pas le temps de faire des commentaires. Ils ont trop de candidates à voir.

— C'est vrai ?

Peut-être avait-elle encore une chance. Elle n'osait y croire. Surtout après son faux pas.

Oui, elle s'était fait des illusions en imaginant qu'elle avait la moindre chance de gagner une place dans cette école du spectacle.

— Que dirais-tu d'un barbecue ? suggéra Mme Maréchal, le lendemain soir, pour lui remonter le moral.

— Bonne idée ! répondit Julie d'une voix

qui se voulait enthousiaste. Allez, Flamme, viens m'aider à nettoyer le jardin.

Mme Maréchal éclata de rire.

— J'espère que ton chaton sait se servir d'une tondeuse !

Julie se retint de rire tandis que Flamme la suivait dehors. Si sa mère savait tout ce dont il était capable !

Des barquettes de fleurs étaient posées près de la porte. Mme Maréchal les avait achetées en solde au supermarché, mais n'avait pas eu le temps de les replanter. Il aurait fallu tondre le gazon et l'allée était envahie de mauvaises herbes.

— J'ai peut-être sous-estimé le travail, soupira Julie.

À peine eut-elle prononcé ces paroles que des étincelles jaillirent de la fourrure de Flamme ! Elle ferma les yeux, éblouie par un éclair argenté. Puis elle rouvrit lentement un œil en retenant son souffle.

Le jardin était méconnaissable !

Les fleurs étaient plantées, le gazon tondu et l'allée désherbée et balayée.

Julie se précipita sur Flamme et le prit dans ses bras.

— Que c'est beau ! Maman va être si contente ! s'écria-t-elle, folle de joie. Merci, Flamme. Je lui dirai qu'un ami m'a aidée. Ce qui n'est pas faux, n'est-ce pas ?

Soudain Flamme se raidit et se mit à trembler.

— Qu'est-ce qui t'arrive ? s'inquiéta Julie.

— Mes ennemis approchent ! Il faut que je reparte. Et que je trouve une nouvelle cachette !

Julie sentit son cœur se serrer. Elle savait que ce moment devait arriver mais elle aurait voulu garder Flamme pour toujours. Que ferait-elle sans lui ?

Elle regarda le chaton qui frissonnait et soupira. Elle devait se montrer forte. Il était en danger. Si les espions de son oncle le trouvaient, ils le tueraient.

— Pars vite ! se força-t-elle à dire.

Flamme secoua la tête.

— Il faut d'abord que je recharge mes pouvoirs magiques et ça demande un certain temps.

Julie le ramena à toute vitesse chez elle et monta l'escalier quatre à quatre.

— Je vais te cacher dans ma penderie. Ce sera plus sûr.

Elle lui aménagea un nid douillet dans ses vêtements. On n'apercevait plus que son museau rose et ses yeux émeraude. À le voir si petit, si vulnérable, Julie eut peur pour lui. Une vague de tristesse la submergea. D'abord, elle avait gâché sa chance de décrocher une place à l'école de spectacle et maintenant, elle allait perdre Flamme. Elle ne s'en remettrait jamais.

Nicolas fit alors irruption dans sa chambre.

— Julie ! Maman a préparé le barbecue ! Et elle veut bien que je fasse cuire les saucisses à condition que tu m'aides.

— D'accord, j'arrive.

Mais elle n'avait vraiment pas faim. Après un dernier regard vers la penderie, elle suivit son frère dans l'escalier.

Elle ne dormit pas bien, cette nuit-là. Elle rêva que d'affreux lions pourchassaient Flamme et se réveilla alors qu'il faisait encore sombre.

Le chaton s'était glissé contre elle. Elle le serra dans ses bras, les yeux remplis de larmes.

— J'aurais tellement voulu te garder, murmura-t-elle.

— Ce n'est pas possible ! répondit-il d'une voix triste. Il faudra bien que je retourne un jour dans mon pays récupérer mon trône.

— Je sais.

Elle se rendormit. Et quand elle rouvrit les yeux, c'était l'heure de se lever.

Elle enfilait son pull lorsqu'elle entendit claquer le rabat de la boîte aux lettres. Le facteur était passé !

Vite, elle descendit à la cuisine. Sa mère lui tendit une lettre. C'étaient les résultats de l'audition.

— Tu veux bien la lire, s'il te plaît, maman ?
demanda-t-elle, ne se sentant pas le courage de
l'ouvrir elle-même.

Mme Maréchal décacheta l'enveloppe et déplia
la lettre avec lenteur. Son visage s'illumina.

— Tu as réussi, Julie ! Tu as gagné une bourse
d'études !

Julie resta bouche bée. Elle n'arrivait pas à y croire.

— Laisse-moi voir !

Elle relut la lettre, les yeux brillants.

— Ils disent que j'ai du talent. Et ce qui les a impressionnés, c'est que je ne me suis pas laissée démonter quand je me suis trompée… Oh, maman ! J'ai réussi ! Je vais aller à l'école du spectacle !

Mme Maréchal la serra dans ses bras.

— Je savais que tu y arriverais ! Je suis fière de toi, ma chérie.

Julie devait le dire à Flamme. Elle vola presque jusqu'au premier étage.

— Flamme, je suis prise à l'école du spectacle ! s'écria-t-elle en poussant la porte. J'y suis arrivée ! Toute seule. Et… oh !

Un éclair l'aveugla. Un lion élégant se tenait au milieu de la pièce. Des étincelles d'argent brillaient dans sa fourrure comme des milliers de lucioles.

Le prince Flamme avait abandonné son apparence de chaton marron et beige ! Julie avait oublié combien il était imposant au naturel.

Un lion plus âgé se tenait près de lui.

— Nous devons nous dépêcher, Votre Altesse, le pressa-t-il.

— Tu pars tout de suite ? balbutia Julie d'une voix brisée.

Un sourire triste plissa les yeux de Flamme.

— Il le faut. Mes ennemis seront bientôt là.

Julie réussit à esquisser un sourire.

— On s'est bien amusés, hein ? Je ne t'oublierai jamais.

Elle tendit la main. Le prince Flamme baissa la tête pour qu'elle le caresse une dernière fois, puis il recula.

— Sois prudente et reste forte, Julie, dit-il avant de lever sa patte en guise d'adieu.

Dans un nuage d'étincelles, les deux fauves disparurent.

Julie s'essuya les yeux. Une dernière étincelle brillait sur son lit. Elle la ramassa et la regarda s'éteindre dans sa paume.

— Sois prudent, où que tu ailles, prince Flamme, murmura-t-elle.

Elle entendit alors qu'on frappait en bas, à la porte d'entrée.

— C'est moi, Fanny ! cria une voix joyeuse. J'ai une super-nouvelle à t'annoncer !

Julie prit une profonde inspiration puis elle dévala l'escalier.

— Moi aussi ! s'écria-t-elle en ouvrant la porte à toute volée.

Ouvrage composé par
PCA - 44400 REZÉ




Cet ouvrage a été imprimé
en Espagne par

Industria Grafica Cayfosa
(Impresia Iberica)




Dépôt légal : mai 2008
Suite du premier tirage : novembre 2017

12, avenue d'Italie - 75627 PARIS Cedex 13